Métropolis
Alexandrie
Andémiens
Dent de Parnasse
Côtes pirates
Océan
Atlas
Équateur
Zone militaire

Le
Soufflevent

1 New Pearl - Alexandrie

Scénario : Andoryss

Dessin & couleur : Xavier Collette

DELCOURT

Un grand merci à Xavier Collette, dont il me semble que c'était hier que j'admirais ses dessins sur le Café Salé.
Soufflevent, *tous les deux, c'est un peu un rêve devenu réalité.*
Merci également à celui qui a rendu ce rêve possible, David Chauvel, pour son aide précieuse, pour sa disponibilité, pour tout.

Pour tous les pionniers du ciel.
Le courrier doit passer.

Andoryss

Merci à ma Rozenn, comme toujours, pour tout.
Merci à mes parents, pour leur confiance et leur soutien.
Xavier Collette

De la même scénariste, chez le même éditeur :
- *Le Cercle* (trois volumes) - dessin de Nesskain
- *Les Enfants d'Evernight* (deux volumes) - dessin de Yang
- *Les Sept Naufragés* - dessin de Semedo

Du même dessinateur, aux Éditions Glénat :
- *Alice au pays des merveilles* - scénario de Chauvel

Série dirigée par David Chauvel.

Dépôt légal : janvier 2014. I.S.B.N. : 978-2-7560-3300-6
Première édition

Conception graphique : Trait pour Trait

Achevé d'imprimer en décembre 2013
sur les presses de l'imprimerie Lesaffre, à Tournai, Belgique

www.editions-delcourt.fr

Juste avant la nuit, il était temps !
Jamais eu autant besoin d'une bonne bière...
Le gamin a pris de l'avance, il a déjà allumé les feux de piste.
Allez, tout le monde descend ! Plus vite on sera en bas, plus vite on pourra s'en jeter une !

AH, TE V'LÀ ! MERCI POUR LES FEUX, MAIS J'AURAIS PU FAIRE SANS, HEIN, J'AI TOUJOURS DE BONS YEUX, VA !
JE M'INQUIÉTAIS MOINS POUR TES YEUX QUE POUR TA PONCTUALITÉ ! LA DERNIÈRE FOIS, TU T'ES POSÉ AVEC QUATRE HEURES DE RETARD, ET IL FAISAIT NUIT NOIRE !
J'AVAIS UNE AVARIE ! 'POUVAIS PAS PRÉVOIR. JE TE TROUVE UN PEU REVANCHARD POUR UN BLEU !
POUR LA DERNIÈRE FOIS, MON PRÉNOM EST SACHA, ET JE NE SUIS PLUS UN BL...?!
MAIS... QU'EST-CE QUE C'EST QUE ÇA ?
BEN, ÇA, COMMENT DIRE... TU NOUS PAIERAIS PAS UNE BIÈRE, AVANT QUE JE T'EXPLIQUE ?

AAAAAAAAAAH ! ÇA VA MIEUX !
Y A PAS À DIRE, LE MEILLEUR MOMENT DE L'ÉTAPE, C'EST LE PASSAGE DE RELAIS !
CONTENT DE TE VOIR EN ÉTAT DE PARLER. MAINTENANT, J'AIMERAIS ASSEZ SAVOIR POURQUOI TU M'AS AMENÉ UN SUPPLÉMENT DE COURRIER.
PARCE QUE CE N'EST PAS POUR ÊTRE DÉSAGRÉABLE AVEC LE COLIS SURNUMÉRAIRE, MAIS JE TE RAPPELLE, PAULO, QUE LE TRANSPORT DE PASSAGERS, AUSSI BIEN ROULÉS SOIENT-ILS, EST FORMELLEMENT INTERDIT PAR L'AÉROPOSTALE EXPRESS.
AH, ÇA...
SANS VOULOIR VOUS COMMANDER, J'APPRÉCIERAIS QUE VOUS CESSIEZ DE PARLER DE MOI COMME SI JE N'ÉTAIS PAS LÀ.
DE FAIT, MADEMOISELLE JE-NE-SAIS-QUI, VOUS NE DEVRIEZ PAS ÊTRE LÀ. SOYEZ MIGNONNE, ET TAISEZ-VOUS PENDANT QUE LES GRANDES PERSONNES DISCUTENT.
DE QUEL DROIT OSEZ-VOUS ME PARLER COMME ÇA ?! POUR QUI VOUS PRENEZ-VOUS ?
POUR UN PILOTE QUI N'A AUCUNEMENT L'INTENTION DE S'ENCOMBRER D'UN PASSAGER CLANDESTIN ! JE PEUX TRÈS BIEN VOUS LAISSER ICI !
CE NE SERAIT PEUT-ÊTRE PAS UNE MAUVAISE IDÉE, SI ÇA POUVAIT M'EMPÊCHER D'AVOIR À SOUFFRIR VOTRE COMPAGNIE !
AÏE !

DIS DONC, GAMIN, TU N'Y ES PAS ALLÉ DE MAIN MORTE, AVEC LA PETITE... TU DEVRAIS REVOIR TA FAÇON DE PARLER AUX FILLES, TU SAIS...
COLINE, ATTENDS !
ET SI TU M'EXPLIQUAIS DE QUI IL S'AGIT, AU LIEU DE ME DONNER DES CONSEILS MONDAINS ?
BEN, ÇA...
J'SAURAIS PAS TROP TE DIRE. ON ÉTAIT DÉJÀ SORTIS DE NEW PEARL DEPUIS UN MOMENT QUAND JE ME SUIS RENDU COMPTE QUE LA FILLE ET SON CHAT ÉTAIENT DANS MON AVION. S'ÉTAIENT CACHÉS, TU VOIS...
MOI, ÇA FAIT UN MOMENT QUE JE ROULE MA BOSSE EN TANT QUE PILOTE, ALORS BON, JE SAIS BIEN QUE LE COURRIER PASSE AVANT TOUT. J'Y AI RIEN DEMANDÉ, PUISQUE D'FAÇON, JE POUVAIS PAS FAIRE DEMI-TOUR.
M'A JUSTE DIT QU'IL FALLAIT QU'ELLE AILLE À ALEXANDRIE, QU'C'ÉTAIT UNE QUESTION DE VIE OU DE MORT, ELLE A DIT.
MÊME SI BON, C'EST SURTOUT LE CHAT QU'A ÉTÉ CONVAINCANT.
LE CHAT ?
COMMENT ÇA, LE CHAT ?
BEN OUAIS, LE CHAT, ENFIN, CE FOUTU MACHIN AVEC DES AILES QUI RESSEMBLE À UN CHAT ET QU'EST AVEC ELLE, LÀ...
OUI, J'AI VU, MAIS COMMENT ÇA, C'EST LE CHAT QUI A ÉTÉ CONVAINCANT ?!
BEN, C'EST QUE SON MACHIN, LÀ...
Y CAUSE... ET BIEN, ENCORE.

TU AURAIS DÛ TE MONTRER PLUS PONDÉRÉE. SI CET IMBÉCILE NOUS LAISSE LÀ, C'EN EST FINI DE NOTRE PETITE ESCAPADE, ET NOUS NE POUVONS PAS NOUS LE PERMETTRE.
JE SAIS ! JE SUIS DÉSOLÉE, TYPHON... C'EST JUSTE QU'IL M'A ÉNERVÉE, C'EST TOUT. JE SUIS FATIGUÉE.
JE COMPRENDS, MAIS NOUS N'AVONS PAS LE CHOIX, COLINE. IL FAUT QU'ON ARRIVE À ALEXANDRIE AVANT LA FLOTTE DE FIRENZA. L'AÉROPOSTALE EXPRESS EST LE SEUL MOYEN DE TRAVERSER LES MONTAGNES ANDÉMIENNES ASSEZ VITE POUR CELA.
NOUS N'AVONS PAS LE DROIT D'ÉCHOUER !
JE SAIS BIEN... SI TU CROIS QUE JE N'Y PENSE PAS...
D'FAÇON, TOI NON PLUS, T'AS PAS LE CHOIX.
T'SAIS BIEN, COMME MOI. L'COURRIER PEUT PAS ÊTRE EN R'TARD.
ON RISQUE NOS LICENCES À TRANSPORTER UN PASSAGER ! C'EST CONTRE LA CHARTE DE L'AÉROPOSTALE EXPRESS, ET CONTRE NOTRE PRINCIPE DE NEUTRALITÉ ENTRE LES ÉTATS !
PAS ASSEZ D'RÉSERVES DANS LE RELAIS POUR QU'ON SOIT DEUX À ATTENDRE TON R'TOUR. ET J'PEUX PAS LA RAM'NER AVANT QU'TU R'VIENNES. SI JE RENTRE À NEW PEARL SANS L'COURRIER D'ALEXANDRIE, C'MOI QU'SUIS VIRÉ.
ÇA NE ME PLAÎT PAS DU TOUT... VRAIMENT PAS... MAIS COMME TU DIS, JE NE VOIS PAS D'AUTRE SOLUTION QUE DE FINIR CE QUE TU AS COMMENCÉ.
C'EST BON, TU AS GAGNÉ, JE LES EMMÈNE, TES PASSAGERS CLANDESTINS.
BIEN PARLÉ, FILS ! À LA TIENNE !
... JE SENS QUE JE VAIS LE REGRETTER.

ATTENDS, ATTENDS, ARRÊTE DE FORCER !
ALLEZ, VAS-Y, ON REFAIT UN ESSAI.
HUMMM...
ENFIN LEVÉE ! AVEC LE BRUIT QUE FONT LES DEUX AUTRES, JE ME DEMANDAIS COMMENT TU FAISAIS POUR DORMIR AUTANT.
GRMLLL... 'L EST TARD ?
PAS TRÈS, NON, MAIS IL Y A BIEN DEUX HEURES QUE LE SOLEIL EST LEVÉ, ET AU MOINS AUTANT DE TEMPS QUE NOS HÔTES ESSAIENT DE LANCER LE MOTEUR DE L'AVION QUI EST CENSÉ NOUS EMMENER.
'A VA, ALORS.
IL VALAIT QUAND MÊME MIEUX QUE TU NE TRAÎNES PAS TROP. JE CROIS QU'ILS ONT FINI...
OK, RESSERRE ENCORE UN PEU...
VAIS ÊT' EN R'TARD !
C'EST BON POUR MOI, GAMIN ! IL TOURNE COMME UN COUCOU SUISSE !
BON, TU CHARGES LE SAC, JE VAIS RÉVEILLER LA PRINCESSE !
LA PRINCESSE ATTENDAIT SEULEMENT QUE LE CARROSSE SOIT À PEU PRÈS EN ÉTAT DE MARCHE.
JE SENS QUE CE VOYAGE NE VA PAS ÊTRE DE TOUT REPOS...

... MAGNIFIQUE...
C'EST BIENTÔT MIDI. ON S'ARRÊTE OÙ, POUR MANGER ?
S'ARRÊTER ?! TU RÊVES, PRINCESSE !
PAS QUESTION DE S'ARRÊTER AVANT CE SOIR ! NOUS SOMMES DÉJÀ EN RETARD, ET NOUS NE VOLONS QUE DE JOUR.
LES TEMPÉRATURES CHUTENT DÈS LE COUCHER DU SOLEIL, ET ERRER ENTRE LES CIMES DE NUIT, PAR UN FROID POLAIRE, C'EST DU SUICIDE !

MAIS QU'EST-CE QU'IL A, CE GOUVERNAIL, À FORCER COMME ÇA ?
ON DIRAIT QU'IL Y A QUELQUE CHOSE DE COINCÉ !
TU VEUX QUE J'AILLE VOIR ?
QUOI, TOI ?!
CROIS-LE OU NON, JE SAIS ME DÉBROUILLER EN MÉCANIQUE ! À MOINS QUE TU NE VEUILLES ME PASSER LES COMMANDES ET ALLER RÉPARER TOI-MÊME ?
MAIS TU ES SÛRE QUE...? OH, ET PUIS ZUT. VAS-Y SI TU VEUX, MAIS SOIS PRUDENTE.
IL Y A UNE TROUSSE D'URGENCE À TES PIEDS, TU LA VOIS ?
C'EST BON, JE L'AI !
ALORS, COMMENT ÇA SE PRÉSENTE ?
UNE ESPÈCE DE CONGLOMÉRAT DE POUSSIÈRE ET DE CAILLOUX S'EST ACCROCHÉ À LA CHARNIÈRE À CAUSE DU CAMBOUIS. JE M'EN OCCUPE, ÇA DEVRAIT ALLER VITE.
BON, CE N'ÉTAIT PAS GRAND-CHOSE, HEUREUSEMENT.
PLUS QU'À HUILER TOUT ÇA, ET LE TOUR EST JOUÉ.
QUE...?
TYPHON !!! REGARDE !!
... DÉJÀ !

IL FAUT DÉGAGER DE LÀ.
OUARGH ! MAIS... TU PARLES VRAIMENT ?
QUEL MERVEILLEUX ESPRIT DE DÉDUCTION VOUS AVEZ... IL FAUDRAIT REVENIR SUR CE QUE JE VIENS DE DIRE, À PRÉSENT, ET FILER AVANT QU'ON NOUS DÉLOGE !
MAIS...?!
DES MILITAIRES ?! ICI ?!
IL FAUT PASSER SOUS LES NUAGES !
SOUS LES NUAGES ?! TU ES MALADE ?
LES PILOTES DE L'AÉROPOSTALE EXPRESS BÉNÉFICIENT D'UNE NEUTRALITÉ QUI FAIT QUE LES MILITAIRES DES DIFFÉRENTS ÉTATS N'ONT PAS LE DROIT DE...
ATTENTION !
TU DISAIS ?!
BON SANG ! CES GARS VIOLENT TOUS LES TRAITÉS DES MONTAGNES ANDÉMIENNES !
C'ÉTAIT UN COUP DE SEMONCE. ILS NE NOUS VISERONT PAS DIRECTEMENT, ILS AURONT TROP PEUR DE NOUS TOUCHER ET DE PERDRE CE QU'ILS SONT VENUS CHERCHER.
COMMENT ÇA, CE QU'ILS SONT VENUS CHERCHER ?! PARCE QUE TU SAIS CE QU'ILS VEULENT, TOI ?
PAS LE TEMPS, ON T'EXPLIQUERA PLUS TARD !
COLINE A RAISON, SI ON NE LES SÈME PAS, C'EST FICHU. MAIS... ILS ENVOIENT UN MESSAGE ?
ON DIRAIT. ILS ME DEMANDENT DE COUPER LES MOTEURS ET DE ME LAISSER ABORDER. PAS LE CHOIX, IL FAUT LEUR OBÉIR.
PAS QUESTION.

Tu crois que ces gars plaisantent ?
Non.
Mais moi non plus. J'ai dit : pas question.
Coline, arrête ça ! Ce n'est pas le moment de...
Tu parles de coups de semonce ! Ils vont nous envoyer nous fracasser sur les rochers, oui !
Sacha ! On ne peut pas rester là ! Je t'en prie, fais-nous confiance, il faut passer sous les nuages.
Très bien les petits gars, mais là, c'est la roulette russe, entre les pics et à l'aveuglette. Alors quel que soit votre Dieu... priez !
Impossible de les suivre, mon commandant. L'Icarion ne pourra jamais se risquer entre les sommets.

Je t'avais dit de ne pas l'utiliser.
C'est bon, Typhon. On les a semés, c'est le principal, non ?
Tu vois bien que je le maîtrise, pourquoi tu t'inquiètes ?
Je n'ai pas dit que je m'inquiétais, j'ai dit qu'il ne fallait pas l'utiliser.
Faut toujours que tu trouves à redire.
Heu, excusez-moi de vous déranger, mais...
Quelqu'un peut m'expliquer ce qui se passe, exactement ?
Rien de grave. Trouver un endroit où atterrir me semble plus urgent que de se préoccuper du reste. On a du plomb dans l'aile, au sens propre...
C'est que, quand même, j'aimerais bien comprendre pourquoi mon avion repousse les nuages à mesure qu'on avance.
Les réponses devront attendre. Si les militaires envoient des appareils légers et qu'ils tombent sur notre petite sauterie, les repousser sans subir de dégâts sera difficile.
Arrête de jouer les rabat-joie, la probabilité qu'ils nous aient suivis dans cette purée de pois est presque nulle. J'avais bien dit qu'on serait en sécurité dans les nuages.
Toutes mes excuses, Sacha. La tête de mule qui m'accompagne a tendance à prendre des décisions de façon unilatérale et à les juger excellentes.
Oh ! Pas grave, du moment qu'elle ne pointe plus d'arme sur moi. Pour le reste, j'ai l'habitude de gérer les bourriques.
Hey !!!
Du calme, Princesse, on descend sous la brume. Laissez-moi trouver un endroit où poser l'appareil.
Ah, ben là, par exemple.
Oui, c'est pas mal.

ALORS ? COMMENT ÇA SE PRÉSENTE ?
PAS BIEN, MAIS PAS PIRE QUE CERTAINES AUTRES FOIS... ILS ONT PERCÉ LE RÉSERVOIR, ON VA GRILLER NOS RÉSERVES DE CARBURANT, MAIS IL DEVRAIT Y EN AVOIR ASSEZ POUR GAGNER LE DEUXIÈME POSTE DE RELAIS.
LE POSTE DE RELAIS ?! MAIS... ENFIN, JE NE SUIS PAS SÛRE QUE CE SOIT TRÈS PRUDENT...
PRUDENT POUR QUOI ? MON BOULOT EST D'AMENER LE COURRIER D'UN POINT À UN AUTRE, ET C'EST EXACTEMENT CE QUE JE VAIS FAIRE.
DE TOUTE FAÇON, JE N'AI PAS ASSEZ DE CARBURANT POUR ALLER AILLEURS. RIEN QUE POUR GAGNER LE POSTE DEUX, ÇA VA ÊTRE JUSTE.
BON ! FAUDRA QUE ÇA TIENNE. C'EST PRÊT, LE REPAS ?
DISONS QUE ÇA AUSSI, ÇA DEVRAIT ALLER.
ET SI ON PROFITAIT DE NOTRE IMMOBILISATION FORCÉE POUR RÉGLER QUELQUES DÉTAILS, PRINCESSE ? JE CROIS QUE TU ME DOIS DES ÉCLAIRCISSEMENTS.
SI ÇA PEUT TE DÉCIDER À NOUS AIDER, JE N'AI RIEN CONTRE LE FAIT DE RÉPONDRE À TES QUESTIONS, MAIS...
ON S'EST MAL COMPRIS, HEIN, JE NE TE DOIS RIEN, MOI. SI J'AVAIS PU CHOISIR, TU NE SERAIS MÊME PAS LÀ.
PAR CONTRE, J'AIMERAIS VRAIMENT COMPRENDRE POURQUOI UN GROS PORTEUR MILITAIRE A DÉCIDÉ D'IGNORER TOUS LES ACCORDS ANDÉMIENS POUR ME CANARDER.
TRÈS BIEN, SI TU LE PRENDS SUR CE TON...

MON NOM EST COLINE TRAVELER, JE SUIS LA FILLE DU CLIMATOGÉNÉTICIEN EDMUND TRAVELER... ET JE SUIS, COMME QUI DIRAIT, EN FUITE.
J'AVAIS CRU COMPRENDRE. ET LA RAISON QUI FAIT QUE LES MILITAIRES TE COLLENT AU TRAIN, C'EST...?
ÉCOUTE, JE VEUX BIEN T'EXPLIQUER, MAIS NE ME COUPE PAS SANS ARRÊT, D'ACCORD ?
MON PÈRE EST... PARDON, ÉTAIT UN CHERCHEUR ASSEZ CONNU DE NEW PEARL. IL Y VIVAIT ET Y AVAIT SON LABORATOIRE. C'EST LÀ QU'IL A CRÉÉ TYPHON, ET TOUTES SES AUTRES INVENTIONS.
QUOI, LA BOULE DE POILS ET DE PLUMES EST UN PRODUIT D'ÉPROUVETTE ?
ON T'A DIT DE NE PAS COUPER LA PAROLE.
IL Y A QUELQUES MOIS, MON PÈRE S'EST PASSIONNÉ POUR LES PROPRIÉTÉS UNICELLULAIRES, ET IL A CONCENTRÉ SES RECHERCHES SUR UNE ESPÈCE EN PARTICULIER.
JE TE PASSE LES DÉTAILS TECHNIQUES, MAIS IL A RAPIDEMENT RÉUSSI À INSÉRER UN NOUVEAU GÈNE DANS CET ORGANISME, ET IL A OBTENU UNE CHIMÈRE VIABLE.
SEULEMENT, CETTE CHIMÈRE...
... FUT LA CAUSE DE TOUS SES ENNUIS.
ET DES MIENS.

Il lui avait trouvé un nom pour la présenter à l'Académie des Sciences, à Alexandrie, et il comptait y déposer le brevet. Il l'avait nommée le Soufflevent. Mais comme il était très excité par sa découverte, il avait fait l'erreur d'en parler à un couple d'amis. Ceux-ci se sont montrés bavards, et ça a fini par arriver aux oreilles de l'armée.
Le Soufflevent est sans doute une des meilleures créations de mon père - avec toi, Typhon, bien entendu -, mais il est dangereux et peut être utilisée comme arme. Bien entendu, ça a attiré l'attention des militaires.
Ils sont venus moins de trois jours plus tard, alors même que nous étions en train de préparer le départ pour Alexandrie. Ils voulaient l'exclusivité de l'utilisation du Soufflevent. Ils voulaient procéder à des tests.
Mon père a refusé. Il a dit qu'il préférait l'étudier encore avant d'envisager quoi que ce soit. Il a expliqué qu'il voulait poursuivre son travail, qu'il voulait faire une thèse.
Ils n'étaient pas précisément d'accord, mais comme il a tenu bon, ils sont partis.
On a choisi de hâter le voyage à Alexandrie. Je ne sais pas si tu es au courant, mais le climat est un peu tendu à New Pearl depuis la déclaration de la guerre. On ne voulait prendre aucun risque.
Je n'étais pas là quand ils sont revenus. Je ne peux pas dire ce qui s'est passé. Si c'était un accident, ou une discussion qui a mal tourné, je n'en sais rien.
Ce que je sais, par contre, c'est que c'était une vraie boucherie.
J'étais sortie. J'aidais mon père, tu comprends. J'étais partie effectuer quelques essais avec le Soufflevent, parce que j'arrivais bien à le maîtriser. Je l'ai trouvé en rentrant.
Je n'ai pas pu rester dans la pièce. Je n'ai même pas cherché à savoir ce qui s'était passé. Je voulais juste partir, vite. J'étais en état de choc.
Je ne savais même pas ce que je fuyais.

J'AURAIS MIEUX FAIT DE M'EN INQUIÉTER, PARCE QU'ILS M'ATTENDAIENT DEHORS. ILS AVAIENT GUETTÉ TOUTE LA SOIRÉE, EN COMPRENANT QUE LE SOUFFLEVENT N'ÉTAIT PAS DANS LE LABORATOIRE.
SEULEMENT, JE NE ME SUIS PAS LAISSÉ FAIRE. J'ÉTAIS COMPLÈTEMENT PANIQUÉE, MAIS JE SAIS ME DÉFENDRE, ET...
... J'AVAIS UN GARDE DU CORPS.
ILS NE PENSAIENT PAS QUE JE RÉSISTERAIS, ILS ONT ÉTÉ SURPRIS. J'AI RÉUSSI À LEUR ÉCHAPPER, PUIS À LES SEMER.
CE FUT LA PIRE NUIT DE MA VIE. JE NE SAVAIS PLUS QUOI FAIRE, J'ÉTAIS COMPLÈTEMENT PERDUE. MAIS J'AI FINI PAR REMETTRE EN PLACE LES PIÈCES DU PUZZLE...
... ET J'AI COMPRIS. LES MILITAIRES AVAIENT ATTENDU QUE JE REVIENNE, ET ILS ONT ESSAYÉ DE M'ARRÊTER. ILS VOULAIENT LE SOUFFLEVENT, ET ILS AVAIENT TUÉ MON PÈRE POUR ÇA.
J'AVAIS UNE VAGUE IDÉE DE CE QUE JE DEVAIS FAIRE, ET JE N'AI PAS RÉFLÉCHI DAVANTAGE.
JE SUIS RENTRÉE DANS L'APPARTEMENT ; J'AI TROUVÉ LE DOSSIER DE BREVET POUR ALEXANDRIE.
ET POUR LE RESTE DU PLAN... DISONS QUE JE ME SUIS FIÉE À L'INSPIRATION DU MOMENT.

Je ne pensais pas que les militaires retrouveraient ma trace aussi vite... Je suppose que j'ai été naïve de croire que je pourrais gagner Alexandrie sans attirer l'attention...
Mais je ne comprends pas... pourquoi ton père n'a pas vendu le Soufflevent aux militaires ? Je veux dire...
Tu ne sais pas de quoi le Soufflevent est capable. Il peut générer des zones de haute et basse pression. Il peut créer des tempêtes. Le Soufflevent est une arme, Sacha.
De toutes les inventions de mon père, ce n'est peut-être pas la plus impressionnante, mais c'est sans aucun doute la plus dangereuse.
Mon père était un doux naïf, mais il n'était pas stupide. Seulement, ce n'est pas dans une optique de destruction qu'il avait créé le Soufflevent. Jamais il n'aurait accepté de le restreindre à un usage guerrier.
Alors je veux déposer ce brevet.
Il faut que j'aille à Alexandrie pour empêcher les militaires d'utiliser l'invention de mon père.
C'est bien joli tout ça, mais... en quoi ça me concerne ?
Je risque déjà ma licence de pilote en t'acceptant à bord de mon avion, Princesse. Comme tu es armée, je pourrai dire que tu m'as forcé, pour sauver ma peau.
Par contre, me mettre l'armée à dos, ça me tente moyen, comme idée, même pour tes beaux yeux.
Alors, tu ne vas vraiment pas... m'aider ?

T'AIDER ?! TU PLAISANTES, J'ESPÈRE ?
JE T'AI EMMENÉE AVEC MOI AU MÉPRIS DU RÈGLEMENT, J'AI REFUSÉ DE ME SOUMETTRE À UN ORDRE DE L'ARMÉE, J'AI MIS LE COURRIER EN RETARD, ET TOUT ÇA POUR TOI... QUE VEUX-TU DE PLUS ?
JE N'AI PRATIQUEMENT PLUS D'ESSENCE, ET JE NE SUIS PAS UN HÉROS. DEMAIN, ON GAGNERA LE DEUXIÈME POSTE DE RELAIS, ET BASTA.
C'EST COMPLÈTEMENT STUPIDE ! IL Y A TOUTES LES CHANCES QUE LES MILITAIRES NOUS Y ATTENDENT, À CE RELAIS !
CE N'EST PAS DISCUTABLE ! JE SUIS UN PILOTE DE L'AÉROPOSTALE EXPRESS, TU TE SOUVIENS ? IL FAUT QUE JE DÉLIVRE LE COURRIER AU RELAIS SUIVANT, UN POINT C'EST TOUT.
TOUT CE QUE JE PEUX TE PROMETTRE, C'EST DE DEMANDER À DANTE, LE PROCHAIN PILOTE, DE TE PRENDRE AVEC LUI. JE NE PEUX RIEN FAIRE DE PLUS.
MAIS ?
LAISSE, COLINE.
TYPHON !
CE GARÇON A FAIT TOUT CE QU'IL POUVAIT, IL S'EST MIS EN DANGER, ET NOUS NE POUVONS PAS L'IMPLIQUER DAVANTAGE DANS NOS PROBLÈMES.
... JE SUPPOSE QUE TU AS RAISON.
CE NE SERAIT PAS JUSTE DE LUI DEMANDER PLUS.

Le second relais est encore loin ?
Non, plus très, et heureusement.
Il est temps. Enfin, si on veut y arriver sans avoir à hisser les voiles.
EMPTY
Vous pratiquez le vol à voile ? Ce n'est pas dangereux, dans les montagnes ?
Tout est relatif.
En cas de gros temps, je préfère mille fois mon moteur aux voiles. Mais les pirates andémiens, par exemple, préfèrent les vents.
Et ils adoreraient votre gadget protoplasmique, là.
Ce n'est pas un gadget. Et il nous a coûté bien assez cher.
Je crois que je comprends de quoi tu parles, le chat.
J'espère juste que ça en valait la peine.
Ah ! Et voilà, chers passagers !
Vous voici arrivés à la fin de l'étape !

TYPHON...
BIEN COMPRIS.
HEY !
ET VOILÀ...
MAUDITE BÊTE ! ABATTEZ-MOI CET ANIMAL, IL VA NOUS TRAHIR !
ILS SONT ICI !
HEIN, MAIS QUI ÇA, ILS ?
TU LE FAIS EXPRÈS ? TU NE COMPRENDS PAS QUE LES MILITAIRES NOUS ATTENDAIENT ?! ÇA N'A POURTANT PAS ÉTÉ FAUTE DE TE PRÉVENIR !
DÉGAGE-NOUS AVANT QU'ON PRENNE UNE BALLE !
ET MERDE !
MWAR !

Typhon !
Sacha, je t'en prie ! Il faut aller le chercher !
On se calme, Princesse ! Il n'est pas question de l'abandonner là !
Banzaï !
Ne visez que quand ils seront à portée, et soyez vigilants ! Rappelez-vous que ce que contient cet avion est précieux !
Prête, Princesse ?
T'en fais pas pour ça !
Je l'ai ! Je le ramène !
Parfait ! À moi !
Qu'est-ce que...

TYPHON...
MOUHAHAHA ! EN PLEIN DEDANS !
FEU ! FEU ! CE NE SONT QUE DES LEURRES, TIREZ À VUE !
SACHA, SA BLESSURE EST GRAVE, ON NE PEUT PAS RESTER LÀ !
PAS DE SOUCI !
J'ENVOIE LE BOUQUET FINAL ET ON DISPARAÎT DANS LA FUMÉE AVANT QU'ILS N'AIENT L'IDÉE DE NOUS POURSUIVRE À COUPS D'AÉROPLANES !
YAHOU !!!!
C'EST PAS VRAI ! KEUF ! KEUF !
COMMANDANT, JE...
LAISSEZ, LIEUTENANT, LAISSEZ. AU MOINS, NOUS AVONS LA PREUVE QUE CE QUE NOUS VOULONS EST BIEN DANS CET AVION...
ILS NE POURRONT PAS NOUS ÉCHAPPER ÉTERNELLEMENT.

Sacha, il faut faire quelque chose, il saigne trop !
Je ne suis pas médecin, je suis pilote. Tout ce que je peux faire, c'est m'assurer qu'on ne soit pas suivis. Pas envie de devenir une passoire.
Mais tu es la fille d'un généticien, toi... Tu ne m'as pas dit que tu aidais ton père de temps en temps ?
Entre disséquer des grenouilles et réaliser une opération sur Typhon en plein vol, il y a une différence !
C'est pas exactement comme si tu avais le choix, Princesse...
Bon, je quitte la route du relais, ils nous retrouveraient trop facilement.
Le but serait d'atteindre les vents océaniques. Là, je pourrais hisser les voiles et nous faire remonter à Alexandrie via les courants ascendants... L'essence ne va pas tarder à manquer.
Nous sommes en vol libre, et en pilote automatique, le temps de vérifier les voiles. On va dériver jusqu'à l'océan.
Si tu veux t'occuper de ton chat, c'est le bon moment. Tu trouveras ma mallette de premiers secours sous ton siège. J'ai pas grand-chose, mais ça peut aider...
... si tu décides de tenter le coup.

EH BIEN, ÇA M'A L'AIR EN ÉTAT DE MARCHE...
LES VOILES COMME LE RESTE...

DÉJÀ ?
OHÉ, LÀ-DEDANS ! PRÉPARATIFS ACHEVÉS. ON NE VA PAS TARDER À ARRIVER. COMMENT ÇA SE PASSE, POUR TOI ?
ÉPUISÉE, HEIN...
ALLEZ, EN PISTE !

WAAAAAH !
AH BEN OUI, CHA CHECOUE QUAND LES VOILES CHE TENDENT.
TIENS, ATTRAPE. TU DOIS AVOIR FAIM APRÈS LE BOULOT QUE T'AS FAIT.
ET ACCROCHE-TOI. CHE COUPE LE PILOTAGE AUTO. LE VENT QUI DESCEND LA VALLÉE VA NOUS EMMENER DROIT VERS L'OCÉAN.
ET CETTE OPÉRATION ?
JE NE SAIS PAS... J'AI RÉUSSI À RETIRER LA BALLE, ET IL N'A PAS L'AIR DE SOUFFRIR... IL RESPIRE BIEN, IL NE SAIGNE PLUS... C'EST TOUT CE QUE JE PEUX DIRE.
IL EST TOUT CE QU'IL ME RESTE, JE NE POURRAIS PAS SUPPORTER DE LE PERDRE, LUI AUSSI...
TU AS FAIT TOUT CE QUE TU POUVAIS, PRINCESSE. MAINTE-NANT, IL N'Y A PLUS QU'À ESPÉRER. ESSAIE DE GARDER CONFIANCE.
DE TOUTE FAÇON, UNE FOIS SUR LA CÔTE, IL NE NOUS FAUDRA PAS LONGTEMPS POUR... OH ?
REGARDE PLUTÔT DEHORS, PRIN-CESSE, ET PROFITE.
EXTRAORDINAIRE !
C'EST INCROYABLE, HEIN ? JE ME DOUTAIS QUE ÇA TE PLAIRAIT...

RARES SONT LES HABITANTS DE NEW PEARL À AVOIR SURVOLÉ L'OCÉAN ATLAS.
IL FAUT DIRE QUE ÇA FAIT DU CHEMIN, ET QUE LE COIN N'EST PAS FRANCHEMENT HOSPITALIER. ENTRE LES PIRATES ET LES FALAISES À PERTE DE VUE...
FINALEMENT, À PART LES GENS QUI SE RENDENT À ALEXANDRIE, IL N'Y A QUE LES PILOTES DE L'AÉROPOSTALE À POUVOIR JOUIR DE CE SPECTACLE.
ET À AIMER ÇA ! TOUTE CETTE EAU, BRRRR... QUELLE HORREUR !
TYPHON ! COMMENT TU TE SENS ?
FATIGUÉ, ET J'AI MAL PARTOUT. MAIS C'EST PLUTÔT LE THON DANS CE BEIGNET QUE JE SENS, EN FAIT.
JE T'AI OPÉRÉ, JE NE SUIS PAS SÛRE QU'IL SOIT BIEN PRUDENT QUE TU MANGES TOUT DE SUITE APRÈS TON RÉVEIL...
COLINE, TON PÈRE A MODIFIÉ L'ACTIVITÉ MITOTIQUE DES CELLULES DE SES CHIMÈRES, TU LE SAIS. ÇA A ÉTÉ CATA-STROPHIQUE, SAUF DANS MON CAS.
ÇA VA ALLER MAINTE-NANT, NE T'EN FAIS PAS. PAR CONTRE, JE PEUX ENCORE MOURIR DE FAIM...
CONTENT DE TE VOIR, LE CHAT. T'AVAIS POURTANT PRIS PLUS DE PLOMB DANS L'AILE QUE MON AVION.
UNE SIMPLE ÉGRATIGNURE. IL ME RESTE HUIT VIES, ÇA DEVRAIT ALLER.

NE ME FAIS PLUS DES FRAYEURS PAREILLES, J'AI CRU QUE J'ALLAIS TE PERDRE !
J'AI UN MAL DE CHIEN, CE QUI VEUT TOUT DIRE. JE NE PEUX PLUS VOLER ET J'AI UNE ENVIE TENACE DE GRATTER LE BANDAGE, MAIS JE DEVRAIS M'EN REMETTRE.
COMITÉ D'ACCUEIL ! LE HAPPY END EST POUR PLUS TARD !
QUOI ? MAIS COMMENT... ?
J'AURAIS DÛ M'EN DOUTER. À COURT DE CARBURANT, JE SUIS OBLIGÉ DE SUIVRE LES COURANTS ÉLYSÉENS À LA VOILE.
ILS SE SONT CONTENTÉS DE NOUS ATTENDRE SUR LE CHEMIN !
ILS VONT NOUS COUPER LA ROUTE ! IL Y A UN MOYEN DE LEUR ÉCHAPPER ?
SANS ESSENCE, JE NE DONNE PAS BIEN CHER DE NOTRE PEAU. ACCROCHEZ-VOUS, LES ENFANTS, JE VAIS TENTER DE RASER LES FLOTS.
QUAND JE ME SUIS ENDORMI, PILOTE, VOUS VOUS LAVIEZ LES MAINS DE NOS PETITES AFFAIRES. AURAIS-JE RATÉ UN ÉPISODE ?
OH, ÇA VA, HEIN, PAS LA PEINE DE LA RAMENER. DE TOUTE FAÇON, QUOI QUE JE FASSE, MAINTENANT JE SUIS GRILLÉ. AUTANT ESSAYER DE NE PAS TOMBER ENTRE LEURS PATTES.
C'EST PARTI ! EN DOUCEUR...
PAS SÛR QUE LA BRISE MARINE SUFFISE À LEUR TENIR TÊTE...
SI C'EST DU VENT QU'IL TE FAUT, ON PEUT S'ARRANGER !
FAIS CE QUE TU VEUX, MAIS FAIS-LE VITE, PARCE QU'ON VA AVOIR DE LA VISITE...
ET PAS QUE DU MENU FRETIN !
HEU, JE NE SAIS PAS SI TON MACHIN PHOSPHORESCENT EST CAPABLE DE DOSER SA FORCE, MAIS VA FALLOIR QU'IL APPRENNE VITE AVANT DE M'ARRACHER MES VOILES !
JE FAIS CE QUE JE PEUX !
LAISSE TOMBER, ON NE LES SÈMERA PAS COMME ÇA.
ATTRAPE PLUTÔT LE FUSIL SOUS MON...

WAAAAAAAAAH !
REDRESSE, BON SANG !!!
AAHH !!!
C'EST PAS VRAI ! LE SOUFFLEVENT !
OH NON !
NE ME DIS PAS QUE TU L'AS LÂCHÉ ? C'EST LE... MAIS ?!
COLINE, NON !
SACHA ! ELLE A SAUTÉ !
J'AVAIS COMPRIS, FIGURE-TOI !
COLINE, ATTENTION !!
SACHA, SI TU VEUX AGIR, C'EST MAINTENANT !
ÇA VIENT ! ÉCARTE-TOI !
FAUT TOUT FAIRE SOI-MÊME ICI...

JE L'AI !
AAAAAAAAAH !
ET D'UN !
QUOI ?
JOLI TIR.
COLINE ! NE RESTE PAS LÀ !
NOOOON !
MAIS, CE N'EST PAS MOI QUI...
PAR LES TRIPES DU GRAND GOÉLAND ! LE HOLLANDAIS VOLANT !!!

C'EST LE PLUS GROS BATEAU PIRATE DE LA CÔTE ANDÉMIENNE. ATTRAPE MA MAIN.
MAIS QU'EST-CE QU'IL FAIT LÀ ?
MAIS J'EN SAIS RIEN ! TU VIENS, OUI ?
MON COMMANDANT, LE HOLLANDAIS VOLANT NOUS ATTAQUE. QUELS SONT VOS ORDRES ?
ALEXANDRIE NE DOIT PAS SAVOIR QUE NOUS SOMMES DANS SON ESPACE AÉRIEN, ET LES PIRATES RISQUENT D'ENDOMMAGER LE SPÉCIMEN S'ILS TIRENT SUR L'AVION DE L'AÉROPOSTALE.
NOUS DEVONS NOUS REPLIER, RAPPELEZ LES HOMMES.
ILS SONNENT LE RAPPEL ! L'ICARION BAT EN RETRAITE, IL FAUT FAIRE DEMI-TOUR !
NON !!
PAS SI PRÈS DU BUT !
?!
HEYYYYYYYYYYYYYYY !!
NON MAIS ÇA VA PAS ?!
C'EST DANS MON APPAREIL QU'IL FALLAIT MONTER, ANDOUILLE !
AH ! PARCE QUE TU CROIS QUE J'AI EU LE CHOIX ?
SALE PETITE...
LÂCHEZ ÇA ! CE N'EST PAS À VOUS !

SACHA ! ATTRAPE !
MAIS ELLE EST MALADE !
MAUDITE PESTE !
COLINE !
PLUS LE TEMPS !
C'EST BON, ON RENTRE !
COLINE !!
SACHA, ARRÊTE ! TU NE LES RATTRAPERAS PAS, ET SI TU NOUS METS ENTRE LEURS FEUX CROISÉS, ILS VONT NOUS TRANSFORMER EN CHARPIE !
IL N'Y A RIEN QU'ON PUISSE FAIRE POUR L'INSTANT ! ELLE A RISQUÉ SA VIE POUR QU'ON RÉCUPÈRE LE SOUFFLEVENT. DE PLUS...
... NOUS AVONS NOS PROPRES CHATS À FOUETTER, SI TU ME PASSES L'EXPRESSION...
ET MERDE...

FRANCHEMENT, À QUOI TU T'ATTENDAIS ? NOUS AVONS DÉJÀ EU UNE CHANCE FOLLE. NOUS AVONS LE SOUFFLEVENT, ET LES MILITAIRES NE TENTERONT RIEN TANT QUE NOUS SOMMES SUR LE HOLLANDAIS.
AVEC L'AIDE DES PIRATES, IL VA MÊME ÊTRE POSSIBLE DE RALLIER ALEXANDRIE PLUS RAPIDEMENT QUE PRÉVU. JE NE M'ATTENDAIS PAS À CE QU'ILS NOUS AIDENT AUTANT... NOUS NE POUVONS PAS NOUS PLAINDRE.
C'EST GRÂCE AU TRAITÉ ANDÉMIEN. NOUS N'AVONS RIEN À CRAINDRE DES PIRATES.
NORMALEMENT, IL NE CONCERNE QUE LES VAISSEAUX OFFICIELS, MAIS LES PIRATES LE RESPECTENT. PERSONNE NE TOUCHE À UN PILOTE DE L'AÉROPOSTALE EXPRESS, ET SI BESOIN EST, TOUTE L'AIDE NÉCESSAIRE DOIT LUI ÊTRE APPORTÉE SANS FAUTE.
SACHA, JE COMPRENDS TA DÉCEPTION, MAIS...
JE SAIS, JE SAIS. DEMANDER DU CARBURANT EST UNE CHOSE ; EXIGER D'EUX QU'ILS PARTENT À L'ASSAUT D'UN BÂTIMENT MILITAIRE EN EST UNE AUTRE.
ILS N'ONT AUCUNE RAISON DE T'AIDER À LIBÉRER COLINE, ET ON NE PEUT QU'ÊTRE D'ACCORD AVEC EUX QUAND ILS TROUVENT QUE TON PROJET EST DÉRAISONNABLE !
JE SAIS ! QU'EST-CE QUE TU CROIS ?!
JE ME RENDS BIEN COMPTE QUE C'EST PRESQUE IMPOSSIBLE DE LA SORTIR DE LÀ ! OK, JE N'ÉTAIS PAS CHAUD POUR VOUS AIDER, AU DÉBUT... MAIS MAINTENANT, L'IDÉE DE L'ABANDONNER M'EST INSUPPORTABLE !
QU'EST-CE QUI VA SE PASSER SI ELLE REFUSE DE LES AIDER ?! RÉAGIS, TYPHON, ON DIRAIT QUE ÇA NE TE FAIT RIEN DE LA SAVOIR PRISONNIÈRE !
BIEN SÛR QUE SI ! IL N'EMPÊCHE QU'ATTAQUER L'ICARION À NOUS DEUX, C'EST DU SUICIDE !
PEUT-ÊTRE, MAIS QUOI QU'IL EN SOIT, AVEC OU SANS AIDE, J'AI BIEN L'INTENTION D'AGIR, MOI !
SACHA, ATTENDS ! OÙ VAS-TU ?
JE VAIS CONTRÔLER QUE L'AVION EST EN ÉTAT. DEMAIN, JE GAGNE ALEXANDRIE, J'Y DÉPOSE LE MACHIN ET SA FIOLE, TOI AVEC, SI TU VEUX, ET JE REVIENS LA CHERCHER !

SACHA, ÉCOUTE-MOI, BON SANG !
N'INSISTE PAS, TYPHON ! JE NE LA LAISSERAI PAS LÀ-BAS !
JE T'AI DIT QU'IL FALLAIT UN PLAN, PAS QU'IL FALLAIT ABANDONNER COLINE À SON SORT. LES PIRATES N'ONT AUCUNE RAISON VALABLE DE NOUS AIDER, MAIS MOI J'AI LE MOYEN DE LES CONVAINCRE.
QUOI ?
LAISSE-MOI T'EXPLIQUER, S'IL TE PLAÎT.
TYPHON, ON NE PEUT PAS FAIRE ÇA... COLINE N'AURAIT PAS...
ON SE MOQUE DE CE QU'ELLE AURAIT FAIT OU NON ; ELLE N'EST PAS LÀ. C'EST LE SEUL MOYEN DE CONVAINCRE LES PIRATES DE NOUS AIDER !
AVEC LEUR AIDE, ON PEUT ARRIVER À LA TIRER DE LÀ. SANS EUX, C'EST IMPOSSIBLE. MA PROPOSITION LES CONVAINCRA, J'EN SUIS CERTAIN. FAIS-MOI CONFIANCE.
ON VA ESSAYER...
COLINE A BIEN PLUS D'IMPORTANCE QUE LE SOUFFLEVENT, OU QUE MOI-MÊME. ELLE COMPRENDRA.
ESPÉRONS-LE, EN TOUT CAS...

METTEZ-MOI ÇA DEBOUT.
LÂCHEZ-MOI !
SI VOUS NE VOULIEZ PAS QU'ILS VOUS METTENT SUR VOS JAMBES, VOUS N'AVIEZ QU'À VOUS LEVER SEULE !
FAUT-IL AUSSI QU'ILS VOUS AIDENT À MARCHER OU ME SUIVREZ-VOUS SANS FAIRE D'HISTOIRES ?
VOUS ME FAITES MAL !
LAISSEZ-MOI TRANQUILLE ! JE N'AI PAS CE QUI VOUS INTÉRESSE ET JE N'AI RIEN À DIRE DE PLUS !
VOUS NE SAVEZ PAS CE QUE NOUS CHERCHONS ! ET JE ME MOQUE DE CE QUE VOUS AVEZ À RACONTER ! NOUS AVONS QUELQUE CHOSE À VOUS MONTRER.
HEIN ? DE QUOI VOUS PARLEZ ?
OÙ EST-CE QUE...?!
VOTRE ÉMERVEILLEMENT EST LÉGITIME, MAIS J'APPRÉCIERAIS QUE VOUS PRÊTIEZ MOINS ATTENTION À LA PIÈCE, ET DAVANTAGE À LA VUE.
MAIS... COMMENT ?
TOUTE LA QUESTION EST LÀ..

Puisqu'il semblerait qu'ils soient venus vous chercher...
... Nous aimerions assez savoir ce qui a pu pousser le Hollandais volant, le Chien jaune et le Blackbird à s'unir contre un vaisseau militaire pour vous.
Ils mettent les canons en mouvement, ils ont choisi l'affrontement.
Laisse la bataille aux pirates, Sacha ! Flint n'est pas un débutant et les autres le suivront. Nous avons passé un marché. Il faut qu'on la localise.
Alors, allons-y !
Feu !!
Ils n'y vont pas de main morte !
J'avais vu juste ! En bas !
Dans le poste de contrôle !

NON, PAS D'APPEL ! NOUS NE DEVONS PAS NOUS SIGNALER DANS L'ESPACE AÉRIEN DE L'ORIENT. METTEZ EN PLACE LES MISSILES INCENDIAIRES.
LIEUTENANT, QUELLE EST LA SIT...
MAIS...
... LE PROTOTYPE ?
OH... ON SE SOUVIENT DE MOI, APPAREMMENT ?
NON...
NON !!
HEY !
ARRÊTEZ-LA !
NON ! NE TIREZ PAS !
FAITES SONNER L'ALARME ! ELLE N'A NULLE PART OÙ S'ENFUIR.
MAIS SOYEZ VIGILANTS, JE NE VEUX SURTOUT PAS QUE VOUS L'ABÎMIEZ.
LE PROTOTYPE...
ON SE SOUVIENT DE MOI ?

LÀ ! ARRÊTEZ-VOUS !
RESTEZ OÙ VOUS ÊTES !
ELLE NE POURRA PAS LEUR ÉCHAPPER TRÈS LONGTEMPS ! IL FAUT TROUVER UN ENDROIT POUR LA RÉCUPÉRER.
TU ES MALADE ? SI J'APPROCHE PLUS, ILS NE ME RATERONT PAS ! JE SUIS OBLIGÉ DE RESTER À DISTANCE !
CE N'EST PAS TOI QUI VOULAIS ABSOLUMENT AGIR ?! ILS SONT TROP OCCUPÉS AVEC LES PIRATES POUR S'OCCUPER DE TOI !
OUAIS, BEN JE VAIS PAS COURIR LE RISQUE ! ON ATTEND UNE OCCASION !
ARRÊTEZ !
COLINE !! QU'EST-CE QUE TU FAIS ?!
COLINE, NON !!!

COLINE !
POUSSE-TOI, LE CHAT...
... JE CROIS QUE J'AI COMPRIS SON IDÉE.
ATTRAPE, PRINCESSE !
MAIS...
BON SANG... SONNEZ L'ÉVACUATION ! ÉVACUEZ ! VITE !
ÉVACUEZ !

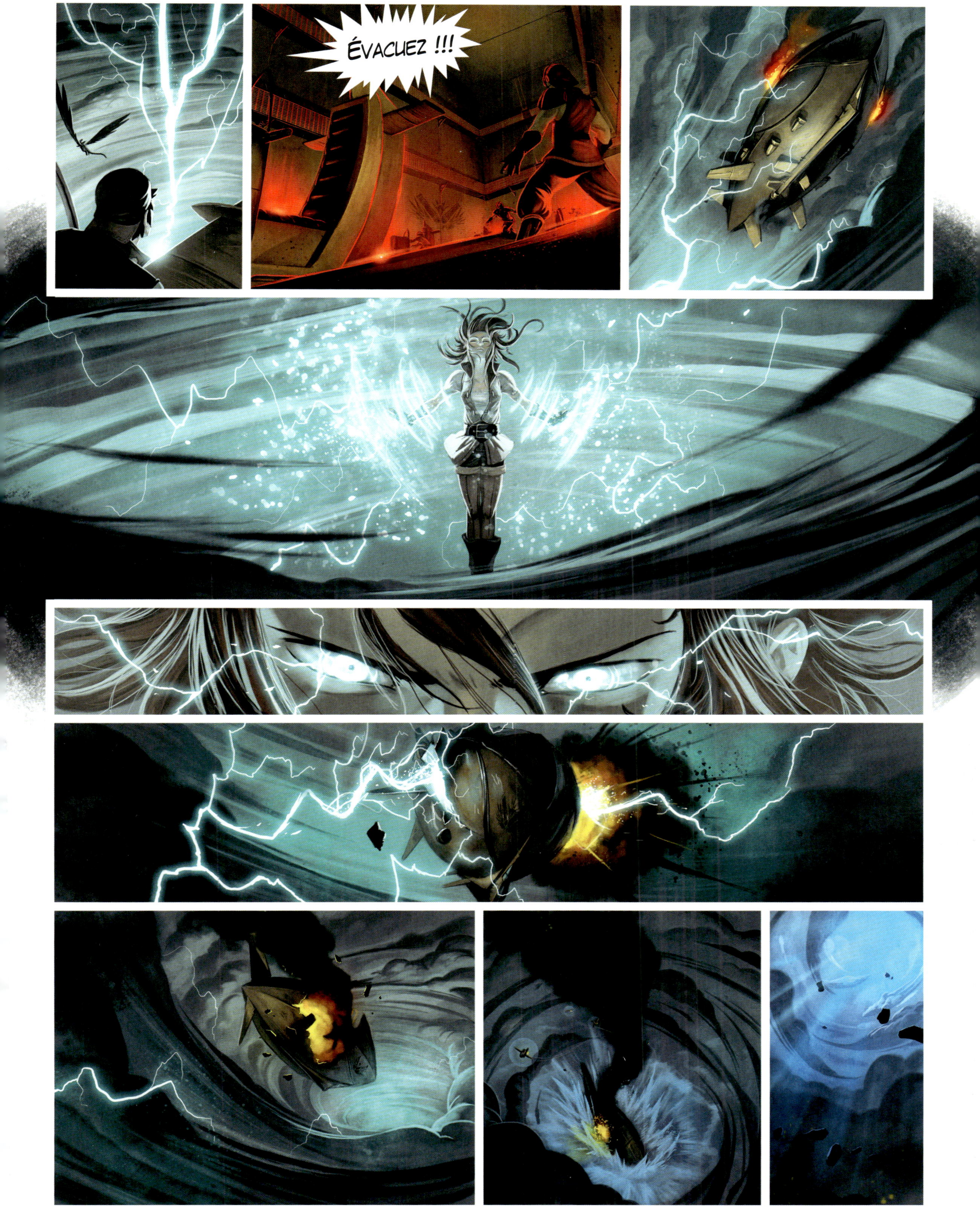
ÉVACUEZ !!!

La plupart se sont enfuis. Nous les poursuivrons, si vous voulez, mais leurs navettes de secours sont rapides...
Ça n'a pas d'importance. Je ne redeviendrai jamais pilote... Nous avons récupéré Coline, et les pertes sont faibles... C'est bien comme ça.
N'empêche. Drôle de gamine que tu as là, bonhomme. Elle parle aux vents. C'est un sacré brin de fille.
Oui, je suppose qu'on peut dire ça comme ça.
On va y aller, le chat. Tu es toujours sûr de toi ?
Bien entendu. Nous avons passé un marché, je te l'ai dit.
Quant à savoir ce que Coline va en penser... je me donne ma langue. Ça lui évitera de me l'arracher quand elle saura que j'ai donné ma parole pour elle, déjà.
Je ne te savais pas capable d'autant de cynisme.
Tu ne crois pas si bien dire, j'ai un caractère de chien.
Charge à toi de lui apprendre la vérité, à propos d'elle, et du brevet.
C'est que... ça ne va pas être facile de lui expliquer...
Pourquoi crois-tu que je me sois débrouillé pour rester ici, moi ?
J'aurais dû m'en douter.
Soyez prudents, les enfants. Adieu, Coline.

Réveillée ? Comment te sens-tu ?
Complètement vidée... J'ai la tête à l'envers.
C'est pas très surprenant. Tu peux encore te reposer, on n'arrivera pas à Alexandrie avant ce soir.
Sacha...
... Que s'est-il passé ?
Tu t'es évanouie ; je t'ai récupérée inconsciente à la surface de l'océan. Et tu as détruit l'Icarion. Ton Soufflevent, c'est effectivement une arme, et pas la plus douce qui soit. Elle est diablement efficace.
Mais heureusement que tu l'as employée, parce que je ne sais pas si les trois vaisseaux pirates auraient suffi contre l'Icarion. Maintenant, tout devrait bien se passer jusqu'à Alexandrie.
Sacha...
Où est Typhon ?
Où est Typhon, Sacha ? Où est-il ? Il est...?
Non !
Non, il va bien. Mais... écoute, je suis désolé, il a insisté... Il a dit que la seule solution pour convaincre les pirates de nous aider à te délivrer, c'était de leur offrir quelque chose de valeur...
... Quoi ?
Alors il m'a expliqué qu'il s'offrait lui-même en récompense, qu'ils pourraient le vendre, qu'il valait suffisamment pour que les pirates acceptent...
C'est pas vrai... Typhon...
TYPHOOOOOOONN !!!!!

COLINE ?
COLINE, ON DEVRAIT ARRIVER EN VUE D'ALEXANDRIE... EST-CE QUE ÇA VA ?
ÉCOUTE, JE COMPRENDS QUE TU SOIS TRISTE, MAIS TYPHON A FAIT SON CHOIX. MAINTENANT, IL FAUT QUE TU PENSES À CE POUR QUOI ON A ENDURÉ TOUT ÇA...
IL FAUT QUE TU AILLES DÉPOSER CE BREVET... C'EST CE QUE TYPHON AURAIT VOULU, ET...
SACHA...
TAIS-TOI.
COMME TU VEUX, PRINCESSE...
MAIS ON EST ARRIVÉS, SI ÇA T'INTÉRESSE...

COLINE, IL Y A AUTRE CHOSE QUE JE DOIS T'APPRENDRE.
TYPHON VOULAIT QUE JE T'AIDE À TE SOUVENIR DE QUI TU ES, PARCE QU'IL... ENFIN, IL PENSAIT QUE PEUT-ÊTRE TU AVAIS OUBLIÉ... PAR RAPPORT À TON PÈRE, ET À TOI...
... DE QUOI TU PARLES ?
EH BIEN...
NON, EN FAIT, LAISSE TOMBER. ÇA NE M'INTÉRESSE PAS. TAIS-TOI. QUOI QUE TYPHON AIT VOULU M'APPRENDRE, IL N'EST PLUS LÀ POUR LE DIRE, DÉSORMAIS. C'EST TROP TARD.
MERCI POUR CE QUE TU AS FAIT, MAIS TU PEUX T'EN ALLER, SACHA. TU N'ES PAS OBLIGÉ DE M'ATTENDRE. TU N'ÉTAIS MÊME PAS TENU DE M'ACCOMPAGNER JUSQU'ICI.
... SI C'EST CE QUE TU VEUX...

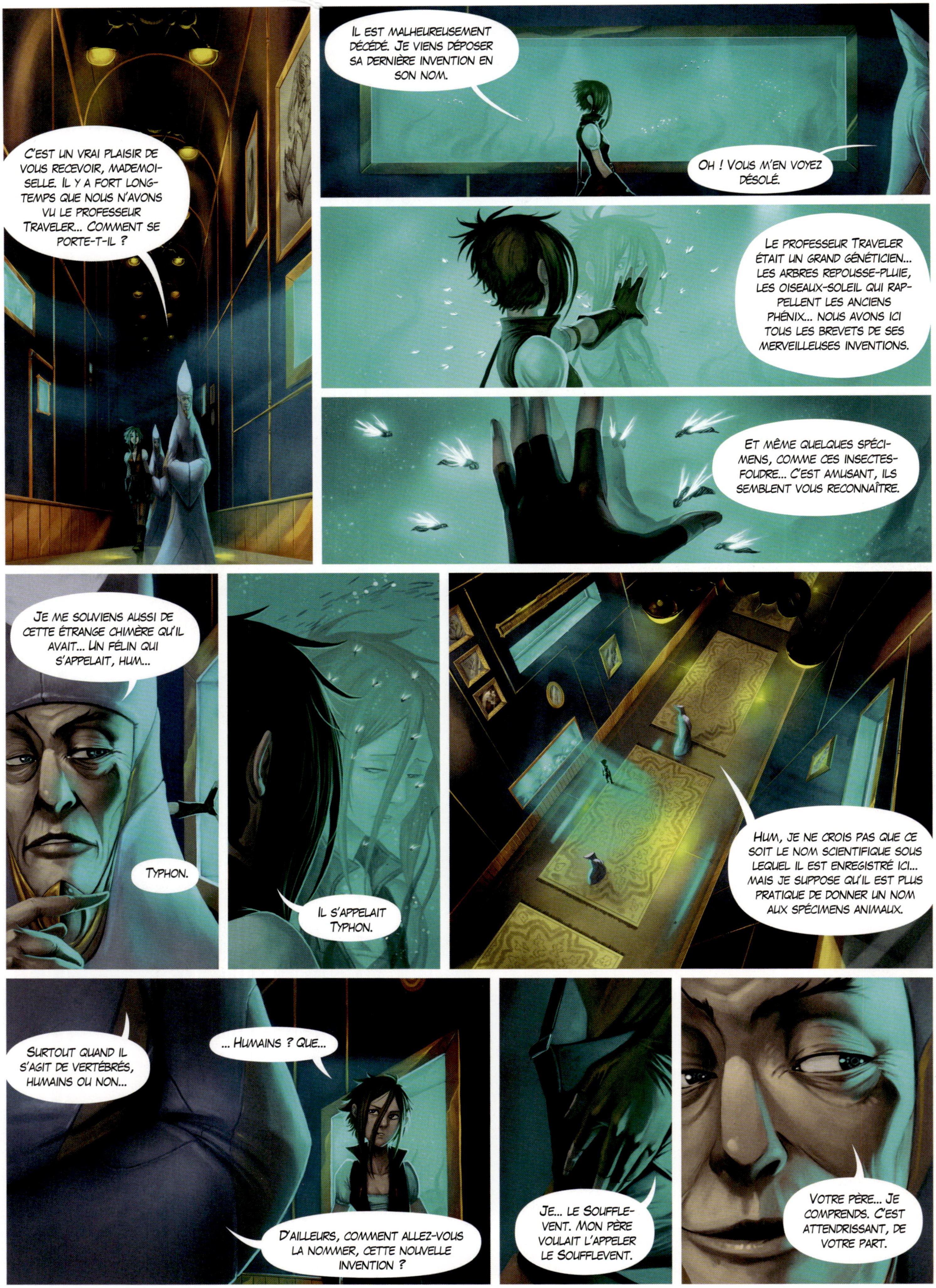
C'est un vrai plaisir de vous recevoir, mademoiselle. Il y a fort longtemps que nous n'avons vu le professeur Traveler... Comment se porte-t-il ?
Il est malheureusement décédé. Je viens déposer sa dernière invention en son nom.
Oh ! Vous m'en voyez désolé.
Le professeur Traveler était un grand généticien... les arbres repousse-pluie, les oiseaux-soleil qui rappellent les anciens phénix... Nous avons ici tous les brevets de ses merveilleuses inventions.
Et même quelques spécimens, comme ces insectes-foudre... C'est amusant, ils semblent vous reconnaître.
Je me souviens aussi de cette étrange chimère qu'il avait... Un félin qui s'appelait, hum...
Typhon.
Il s'appelait Typhon.
Hum, je ne crois pas que ce soit le nom scientifique sous lequel il est enregistré ici... Mais je suppose qu'il est plus pratique de donner un nom aux spécimens animaux.
Surtout quand il s'agit de vertébrés, humains ou non...
... Humains ? Que...
D'ailleurs, comment allez-vous la nommer, cette nouvelle invention ?
Je... Le Soufflevent. Mon père voulait l'appeler le Soufflevent.
Votre père... Je comprends. C'est attendrissant, de votre part.

Et voilà ! Nous conservons le prototype d'habitude, mais étant donné sa nature organique, sa séquence génomique suffira. Vous voulez garder un échantillon ?
S'il vous plaît, oui. Il réagit étrangement aux stimuli, et semble capable d'empathie. Je souhaiterais continuer à l'étudier.
Vous avez toute latitude pour ce faire. La clause de blocage interdit l'exploitation commerciale, sauf si nous avons votre autorisation expresse. Vous n'êtes donc pas pressée, et je comprends votre curiosité.
12733
Après tout, ce n'est pas tous les jours qu'une création peut en étudier une autre ! J'avoue que vous êtes mon premier brevet qui en dépose un second.
Je vous demande pardon ?
J'ai du mal à vous suivre...
Oh ? Il vous manque peut-être des informations... Voulez-vous consulter votre propre dossier ?
Voyez vous-même.
Ce n'est... pas vrai ?
"Tu n'es pas obligé de m'attendre..." Tsss !
Qu'est-ce que je croyais ? Qu'elle aurait encore besoin de moi ?
Je suis vraiment le roi des crétins...
... Incapable de comprendre quand mon rôle est terminé
Je... suis contente que tu sois resté.
Voilà, c'est fait.

Le Soufflevent est officiellement mon invention, numéro de brevet 12 733. Et moi...
... moi, je suis le brevet 7 889. Je suis le brevet qui dépose un brevet. Tu... le savais, n'est-ce pas ? Et Typhon... aussi.
Je suis une chimère, je suis une invention. Sans doute l'invention la plus riche d'Orient et d'Occident. Je suis riche à millions... et je ne sais plus quoi faire.
Je ne sais même plus qui je suis.
BREVET
Tu es Coline Traveler. Tu es la fille d'un inventeur génial, et tu es surtout la gamine la plus courageuse que je connaisse. Voilà qui tu es. Le reste n'a aucune importance.
Allez, Princesse, arrête de pleurer.
Viens, allons récupérer ton chat.
À suivre...

Océan Septentrional
Boréalis
Septentrion
New Pearl
Albion
Meridion
Yathrib
Hercynion
N
O
E
S
Océan Méridien